오늘은 다른 길로 가보겠습니다

오늘은 다른 _____ 길로 가보겠습니다

오늘,
그리고 쓰다

흐름출판

시작

책을 시작하려니 새삼, 8년 전의 그날이 떠오르네요. 평범한 직장인을 접고 프리랜서로 살기로 결심한 날입니다. 8년 동안 프리랜서라는 길을 걷고 있지만 아직도 과정에 있다는 생각을 하곤 합니다. 간혹 "어떻게 하다가 프리랜서가 되셨어요?"라는 질문을 받긴 하지만 제가 특별히 용기가 있어서 이 길을 택할 수 있었던 건 아닙니다. 그저 저의 마음과 제가 원하는 것에 솔직했습니다. 그래서 여러분에게 앞으로 들려드리려는 이야기가 대단한 얘기가 아니라고 이실직고하면서 이 책은 '이렇게도 살아질까?' 싶어서 살아봤더니 '생각보다 잘살고 있다'라는 얘기라고 정리해보겠습니다.

제 이야기가 묶여 책으로 세상에 나온다는 사실이 기뻤지만 어느 날은 여러분께 어떤 이야기를 전달할 수 있을지 고민이 되기도 했습니다. 그런데 친구가 그러더군요. "너가 무엇인가 대단할 것을 보여주기를 바라지 않아. 그냥 네가 어떻게 사는지 궁금한 거야."

이 책에는 저의 도전과 실패의 연속, 그리고 그냥 살기 등의 평범한 일상들과 그 속에서 성숙해지는 이야기가 담겨 있습니다.

어렸을 때부터 저는 제가 좋아하는 것에는 당당한 사람이었습니다. 남들이 좋아하지 않는 걸 좋아한다고 말하는 것도, 좋아하는 마음을 품는 것도 쿨했다고나 할까요? 그 덕에 집에서 혼자 덕질을 하며 보내는 시간이 많았습니다.

직장생활을 하면서도 제가 좋아하는 것에는 확실했습니다. '다른 길로 가도 원하는 삶을 살면 괜찮다'라는 생각이 든 순간 길은 몰라도 확실하게 방향을 틀 수 있었어요. 다른 길에 진짜 원하는 삶이 있을 거 같았죠. 어찌 보면 그게 편해서이기도 했습니다. 같은 길을 가면 순위도 정해지고, 내가 지금 어디쯤을 걷고 있는지 평가되지만 새로운 길을 가면 아무도 모르잖아요. 아무도 모르는 길을 걷는 건 때로는 무섭지만 그만큼 자유도 있습니다.

여러분은 지금 어느 길을 걷고 계신가요? 인생의 어디쯤을 걷고 계신가요? 이정판과 신호등은 잘 보고 있나요? 아니면 갈림길에 서서 고민을 하고 계신가요?

이 책을 쓰고 있는 저는 지금도 어느 길을 갈지 헤매고 있지만 그래도 좋아하는 삶을 향해서 나아가려고 애쓰는 중입니다. 비록 저와 여러

분의 길은 다르겠지만 제가 실패하고 다시 도전하는 이야기가 여러분에게 힘이 되었으면 좋겠습니다.

저는 지금도 아무것도 아닙니다. 그러나 아무것도 아닌 '저 자신'이 좋습니다. 누가 제게 그러더라고요. 소심한 것 같지만 용감하고 대충 사는 것 같지만 열심히 산다고요. 우리 모두는 다양한 면면들을 갖고 있습니다. 이런 면면의 모습들을 오롯이 바라보고, 인정하고 또 일단 저질러볼 수 있다면, 나만의 길이 생기지 않을까요?

그래서 오늘은 다른 길로 가보겠습니다.

— 오늘

오늘의 아지 LOOK

'스몰백'

보슬보슬한 '바지'

편하지만 쿨한 '슬리퍼'

Contents

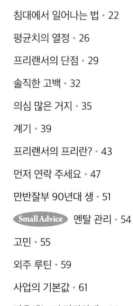

2nd
오늘의 날씨

3rd
오늘 바라본 내일

4th
지금 여기, 오늘

1st 자유로운 오늘

나는 프리랜서다.

회의가 있어서 서둘러 가야 하지만

커피를 먼저 사러 가기도 하고

회의 내용보다는

자리 배정이 더 중요하다.

오늘은 운이 좋군.

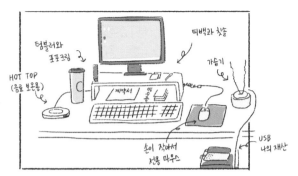

단기간 머물러도 세팅된 테이블을 좋아하고

마음을 굳건하게 해줄 나만의 규칙도 가지고 있다.

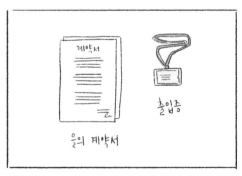

직원은 아니지만 계약과 보안을 중시하는

나는 8년 차 프리랜서.

프리랜서의 장점은

뭐니뭐니 해도 시간을 조절할 수 있다는 점이다.

아프면 언제든지 병원에 갈 수 있고

주말에 일을 하고 평일에 쉴 수도 있다.

특히 여행 갈 때가 제일 좋다.

가능한 여유로운 일정으로

혼자만의 여행을 즐기기도 하고

호주에 사는 언니 집으로 가서 지내기도 한다.

물론 가끔은 엉망이 되기도 하지만

나만을 위한 타임 테이블로 자유를 누리고 있다.

친구가 나의 방콕생활이 걱정됐는지
링크를 하나 보내주었다.

김명남 번역가 님이 만든 작업법이었다.

일단, 좋다는 건 다 도전해보는 편이다.

금단현상은 생각보다 빨리 왔다.
집중이 안 되고 우울해졌다.

20분 쉴 때는 달콤했다.
생각보다 시간이 길어서 집안일, SNS를 하기에도 충분했다.

다시 조금 침울…

아… 행복하다.

하루 동안 5번 반복했는데도 평소보다 일을 많이 한 것 같다.

새로운 습관의 효과는 나를 들뜨게 만들었다.

자, 이제 누가 프리랜서가 침대에서 일어나는 법,
링크 좀 보내줘요.

가끔 이력서와 포트폴리오를 보내달라고 하는 곳들이 있다.

그런데 경험상, 이런 경우 계약이 되지 않는 곳이 대다수다.

'그래도 혹시 모르니까'

자꾸 몸이 쪼그라드는 듯한 느낌은 착각일까?

여기까지 하자고 몇 번을 생각한 뒤 보내기를 눌렀다.

평균치의 열정만 발휘하자고 아쉬운 마음을 달랬다.

이런 곳은 대부분은 답 메일조차 오지 않는다.

아닌 것을 알고 있었지만 이럴 때 모두 다 내 탓 같다.

아쉬운 마음이 든다.

가끔 불안하다.

'이렇게 살아도 되나?'라는 고민으로 잠 못 이루기도 하고

가끔은 주변에서 돈을 빌리기도 한다.

마감 후에는 일이 끊길지 모른다는 걱정도 불현듯 들고

8년 차인 지금도 여전히 불안하긴 마찬가지다.

나만의 불안 퇴치법이 있다면 굳건한 마음가짐과

5개월 정도의 생활비가 언제나 통장에 있도록 노력하고

미래를 위해 할 수 있는 한 많은 시도를 해보는 것이다.

그리고 무엇보다 일찍 잠을 자는 것이 좋다.

새로운 일이 들어왔다.

예전 회사에서 하던 일이었다.

그리고 다른 프리랜서들과 같이 일하는 프로젝트다.

아, 매번 도전이라니…

직원이었을 때와 비슷한 것   같지만

해야 하는 일을 좀 더   정확히 설정하고,

가끔은 말이 안 되더라도   완성해야 한다.

나는 솔직하게 고백할 뻔했다.

이번 프로젝트의 회사는 대기업이었다.

얼음 정수기와 다양한 간식들.

건축가임에도 정장을 입고 다니는 사람들.

그리고 내가 해야 할 업무도 '간단한 일'이었다.

하지만 세상에 '간단한 일'이란 없다.

수정은 또 다른 수정을 불러일으키고

느낌이라는 것은 도통 모르는 단어가 되었다.

그리고 사람들도

화가 났다.

하지만 업무를 제대로 파악 못한 사람도, 일을 끝내야 하는 사람도 나였다.

그 이후, 조금이라도 이상한 낌새가 있으면 거절하는 사람이 되었고

한동안 의심 많은 거지가 되었다.

내가 그림일기를 시작했던 계기는

아침 일찍 수영을 배우기 시작하면서부터였다.

수업이 끝나면 배가 너무 고파서
근처 카페에서 아침을 먹기 시작했는데

아무도 없는 카페에 있다 보니 자연스레 그림을 그리게 되었다.

그러다 거리의 사람들을 관찰했는데

다 제각기 다른 모습으로

어디론가 가고 있었다.

카페에 앉아 있는 나도 그려보았다.

완성된 그림들이 특별해 보였고 그것들을 남겨보기로 했다.

그 이후, 내 자신과 주변을 관찰하고

그것들을 해석하고 표현하면서

내가 어디로 향하고 있는 사람인지 조금은 알게 되었다.

매번 새로운 프로젝트를 하면서
새로운 사람들을 만난다. 아무도
서로의 학력, 재력, 출신 같은
사적인 것들을 쉽게 묻지 않는다.
그저 그 기간 동안 한 팀으로 같이
일할 뿐이다.
그래도 한 가지 서로 궁금해하는 것이
이 질문이다.

아기 낳고 회사로 돌아가려고
했는데... 아이들이랑 조금 더
시간을 보내고 싶어서 프리를
시작했어요. 그런데 프리가 더
바쁜 것 같기도 하네요
ㅎㅎ

귀엽죠?

귀여워요

음... 친구 따라서요

ㄴ별 ㅊㅊ

ㅋㅋ 후회하시나요?

지방에는 디자인 회사가 적어서
대학교 졸업하고 올라왔어요.
일을 찾으면서 이것저것 하다 보니
어쩌다 시작했달까...?

그들의 사정을 듣게 되면
같이 일하기가 한결 편해진다.
아마도 서로가 중요하게 생각하는
가치를 조금은 이해하게 되었기
때문일 것이다.

일러스트 일을 할 때,

같은 일러스트레이터를 만나는 일은 드물다.

나를 아는 사람을 만나는 것은 더 드문 일이다.

좀 뿌듯했다.

이렇게 홀로 일을 하는 사람들은

용기를 내야 한다. 상대방이 관심이 없더라도!

용기 있는 자만이 동지를 얻기 때문이다.

횡설수설하며 말을 걸었지만 다행히 연락처를 교환했다. 아싸!

하지만… 연락할 용기는 또 다른 것이다.

먼저 연락주세요.

며칠 뒤

성공!

알바생을 고용하기도 한다.

그녀는 90년대 생이다.

참 솔직하다.

그리고 특정 분야에서 똑똑하다.

그녀는 완벽한 화장법을 구사하기도 했는데,
나는 그녀가 들고 다니는 메이크업 보따리를 구경하곤 했다.

가끔 과장이 심하기도 했지만

언제나 쿨했다.

나와는 다른.

그렇지만 배울 것이 꽤 있는 친구였다.

멘
탈
관
리

'일의 마무리'는 몇 번을 강조해도 지나치지 않을 만큼 중요합니다. 많은 시련 속에서도 무슨 일이든 끝까지 마무리를 해왔다는 당당한 마음이 지금까지 저를 버티게 해준 힘입니다.

tip! 정신적으로, 경제적으로 단단해져야 멘탈이 무너지지 않아요.

1 수많은 수정 요청으로 멘탈이 깨지는 경우에는 무엇이든 하나는 남기겠다는 자세로 임합니다(돈, 작품, 경험).

2 프리랜서의 통장 잔고는 곧 멘탈과 직결됩니다. 3달치 생활비를 모아보세요.

3 작업이 잘 안 풀릴 때는 "내가 짱이다"라고 그냥 외쳐봅니다.

4 어떤 일이 됐든 계획을 정하고 행동하다 보면 발전된 모습에 마음이 안정됩니다.

고
민

여러 직업을 가진 나,

오랫동안 고민해온 게 있다.

'나중에 아무것도 아닌 사람이 되면 어떻게 하지?'

해보고 싶은 것도 많고 해야만 하는 일들도 많다.

내 꿈에 다가가는 길이라 믿고 매번 선택하지만

더딘 내 인생을 보면 마음이 흔들린다.

그럴 때면

엄마가 해줬던 말을 되새겨본다.

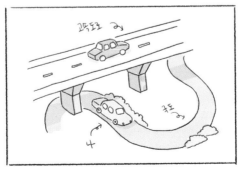

엄마의 말처럼 나는 고속도로가 아니라
국도의 인생을 살고 있는지도 모른다.

밖의 풍경이 궁금해서 창문으로 머리를 내밀고

곳곳에 멈춰서 잠깐 쉬고, 가끔은 비포장도로를 천천히 즐기는것.

그것이 N잡러인 나의 인생 속도일지 모른다.

마감이다. 신기하게도 일이 끝날 때쯤 일이 들어온다.

가끔 알바와 외주가 겹치면 밤낮 없이 일한다.

시간은 없지만 욕심이 없어지는 않는다.

그래도 중간 컨펌이 있는 날 오후에는 한숨 돌리며 여유를 즐긴다.

가끔은 불쌍한 척하며 마감을 미루다 보면

또 마감을 하는 날이 온다.

곧 7월이다.

세금 신고로 쓴 기억이 있는 달이다.

몇 해 전, 나라에서 지원을 받고 사업을 한 적이 있었는데

사업자를 등록하고 여러 가지 시도도 했었다.

나는 고민 끝에 사업을 접고 프리랜서 일에만 집중하기로 했는데…

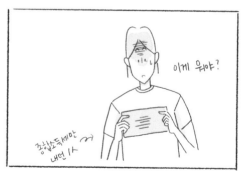

그러던 어느 날 우편 한 통이 왔다.
그것은 세금 누락으로 인한 벌금 통지서였다.

눈물을 머금고 집 근처 세무소를 찾았다.

그분은 흔한 일이라는 듯 무심하지만 자세히 설명을 해주셨다.

결국 비싼 수업료를 완납하고서야 어렴풋이 세금에 대해 이해하게 되었다.

지금도 세금 신고하는 달은 신경이 쓰인다.

그런데 주변을 둘러보니,

어쩌면 이런 일은 디폴트 값일지도 모른다는 생각이 들었다.

이제 혼자서 계약서를 쓰는 것도

업무적인 대화를 나누는 것도

조금 익숙해졌다.

하지만 여전히 어려운 것은

바로 혼밥이다.

혼자 밥을 먹는 것은 왜 이리도 부끄러울까?

하지만 잠시 고민했던 시간이 무색하게

노동 후 먹는 밥은 꿀맛이다.

다음에는 더 당당하게!

계
약
서

계약서를 쓰는 회사도 있지만 쓰지 않는 회사도 많습니다. 계약서가 없을 경우, 문자나 이메일이 계약서와 같은 역할을 하기 때문에 잘 남겨두어야 합니다.

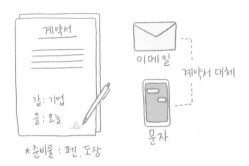

tip! 계약서를 볼 때 꼭 눈여겨봐야 하는 것들이 있습니다.

1   숫자(용역 개수, 마감일, 수정일, 대금 지급일 등)를 유심히 확인하세요.

2   저작권은 작업물의 주인으로서 꼭 지켜야 할 권리입니다.
　　✚ 피치 못한 사정으로 회사가 저작권을 원할 경우 쓰이는 곳을 명확히 하고 그에 응당하는 가격 또한 측정하여 돈을 받는 것이 좋습니다.

3   2차 저작물 제작 가능에 대한 조항이 있는 경우 그럴 의사가 없으면 그 항목을 꼭 지워야 합니다. 또는 추후 조정으로 계약을 할 수도 있습니다.

4   모든 계약서에는 작가가 다른 작품을 카피했을 경우에 대한 피해보상 관련 조항이 있습니다. 유념하세요.

5   꼼꼼히 다 읽어보고 수정할 것이 있다면 요청하세요.

배우는 것을 좋아합니다.
판화, 도예, 규방 공예와
같은 만들기를 좋아합니다.
하지만 오래 배우지는
못합니다.

1. 일 없이 쉴 때는 무엇을 하나요?

BTS, 마술사, 성 평등
건강 등 좋아하는 것이
많습니다.

2. 최근 가장 관심이 가는 것은 무엇인가요?

맥주 마시면서 드라마 보기

3. 소확행은?

4. 자존감을 높이는 방법은?

1. 소소한 기쁨에 대해 알려주는 아노다 미리작가의 책들
2. 나에게 집중하는 법을 알려주는 '신경 끄기의 기술'
3. 드로잉의 기본 원리를 설명해주는 '무엇을 그리고 어떻게 그릴까'

5. 추천해주고 싶은 책은?

6. 영감을 받는 곳은?

혼자 오래도록 작업하다보면
심심하고 북적한 느낌이 듭니다.
그럴 때 저는 작가라는
직함에 큰 범위에
속해 있다고
생각합니다.
정신승리이지만...
작가는 원래 고독한 직업이니까요

7. 소속이 없는 프리랜서의 소외감 허무함

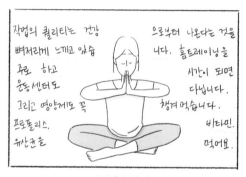

작업의 퀄리티는 건강   으로부터 나온다는 것을
뼈저리게 느끼고 있습   니다. 홈트레이닝을
죽로 하고   시간이 되면
운동센터도   다닙니다.
그리고 영양제도 꼭   챙겨먹습니다.
프로폴리스,   비타민.
유산균을   먹어요.

8. 건강 관리

잠시 왔다나도 없음

리코더를 좋아했어서
음악 쪽이지 않을까 했었
는데 아버지께서 '넌
육상 했겠지' 라고
하셨습니다. 생각해
보니, 초,중,고, 대학생
때까지 계속을
뛰었습니다.

9. 일러스트레이터가 아니었다면 무슨 일을 하고 싶나요?

2nd 오늘의 날씨

봄

아침마다 따뜻하게 입을지 가볍게 걸치고 나갈지 고민하고

밖에 나가면 곳곳에 피어 있는 벚꽃이 예쁘다고 생각했다.

방탄이 컴백해서 몰래 덕질도 하고 꽤 열심히 일도 하고 있다.

그리고 주말에는 결혼식 뷔페가 맛있었지만 많이 먹지는 못했다.

카드를 두고 나오는 일이 잦아졌고

곧 떠나게 될 여행지 영상을 보느라 늦게까지 깨어 있곤 했다.

하고 있던 알바가 끝날 때쯤 카디건만 걸쳐도 될 만큼 날씨는 따뜻해졌고

그리고 나는 아주 많이 봄을 기다리고 있었구나 라고 생각했다.

핸드블랜더, 일명 도깨비방망이를 샀다.

망고 바나나 스무디를 만들었는데 스타벅스보다 맛있다. 득템.

상큼한 내 친구를 불렀는데 과로로 지친 대리 님이 오셨다.

친구는 망바와 김밥을 먹은 뒤,

한 천 번은 한 것 같은 그 질문을 또 했다.

미안, 내가 도깨비방망이로 망바는 만들어도 너의 미래는 볼 수 없어…

이번 프로젝트는 하드코어였다.

주말 내내 잠만 잤다.

그나마 새벽 배송이 있어서 굶지 않았다.

자다가 일어나면 시간이 아깝기도 허무하기도 했고

이렇게 일만 하다 홀로 늙는 건 아닐까 라는 생각도 스쳤다.

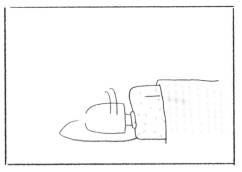

그렇다면 이번 생은 어쩔 수 없지.

일요일 늦은 밤이 되어서야 정신을 차렸는데

그제서야 내 몸이 원한 시간이라는 생각이 들었다.

그래! 새로운 한 주가 또 시작될 테니까.

요
가

요가를 처음 시작했던 때는 신입 사원 시절이었다. 통장에 찍힌 볼품없던 월급의 꽤 큰 파이를 요가 수강비에 썼고 목적은 다이어트였다. 그 당시에는 요가로 그리 살이 많이 빠지지 않는다는 것을 알지 못했다. 그래도 요가원의 입구부터 풍겨오는 머스크 향이 좋았고 수업 후에 마시는 티가 좋았다. 그리고 "할 수 있는 만큼만 하세요"라는 선생님의 말이 다정하다고 생각했다. 3달을 다 채우지 못하고 잦은 야근으로 요가를 그만두긴 했지만 그 이후로도 자주 요가원을 찾았고 혼자서도 요가를 할 수 있게 되었다.

10시쯤 늦은 아침에 일어나 요가 매트를 편다. '이효리가 쓰는 요가매트'로 검색해서 나름 거금을 주고 산 세미 프로용 매트다. 우리 효리 언니는 요가를 오래 했으니 분명 좋은 것을 쓸 것이다. 예전에 몇 번 일을 같이 했던 디자이너의 권유로 두껍고 폭신한 요가매트를 샀었다. 그녀의 사촌동생에게 방문 판매로 산 제품이었는데 요가매트를 펼 때마다 기분 나쁜 고무 냄새가 났다. 그러나 효리 언니 매트는 그렇지 않다. 덕분에 나는 매일 아침마다 기분 좋게 집 한 켠에 샌들우드 향초를 피우고 할 수 있는 만큼만 하자고, 요가를 하면서 하루를 시작한다.

소
개
팅

가끔 소개팅에 나간다.

옷장에서 몇 번 안 입었던 옷을 꺼내 입고

기대 반 걱정 반을 품고 나갔다.

짧은 만남을 뒤로 하고 오는 길

축구 경기가 한창이었는데

이곳저곳에서 들리는 소리 때문에 경기를 보지 않아도

누가 이겼는지 알 것 같았다.

그런데 나도 경기에 참가했는데 누가 골을 넣은 거지?

주말 날씨가 너무 더울 것 같아 약속을 취소하고 방콕하기로 했다.

역시 덥다. 기상청 화이팅!

날씨가 좋으니까 이불 빨래다.

오랜만에 여유로우니까 밀린 웹툰을 본다.

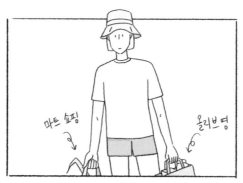

밀린 쇼핑도 한다.

딸기 케이크, 그냥 행복하다.

다시 밀린 업데이트와

그 사이 넷플릭스.

밀린 일들을 해치우는 시원한 여름 주말.

친구가 데이트 신청을 받았다고 했다

내가 왜 이렇게 설렐까?

또 다른 친구는 연애로 힘들어했다.

내 연애는 안 하고 주책만 늘어간다.

친
구

위층에 베프가 산다. 동네 초등학교에서 처음 만나 서울의 한 빌딩의 위층 아래층 이웃으로 살고 있다. 이 녀석이 없었으면 서울은 고독한 도시라 생각했을 것이다. 함께 어른이 된 우리는 여행을 갈 때 반려식물을 맡기거나 집 누수 공사의 청소를 같이 하는 동지로서 우정을 이어가고 있다. 항상 사이가 좋다고는 할 수 없지만 그렇다고 소리 높여 싸울 만큼 가족적이지는 않아서 다행이다.

근래에는 내가 신세를 많이 지고 있다. 싱글은 손이 많이 가는 포지션이 분명하다. 새벽에 모르는 사람이 문을 두드린다거나 간혹 아프면 어쩔 수 없이 연락을 한다. 나이가 들수록 신세지는 것에 뻔뻔해지는 건 나만 그런 걸까.

이런 나의 동지가 시집을 가고 싶어 난리다. 친구가 떠나면 나는 진정한 독립을 준비해야 한다. 서울 생활 10여 년 만에 진정한 홀로 서기다. 마음의 준비는 하겠지만 그래도 아플 때 유난을 떨 사람이 없다는 건 좀 슬플지도. 그리고 차를 사야겠다고 생각했다. 그래야 여행 갈 때 친구 집에 식물들을 맡길 수 있을 테니.

설거지는 끝이 없고

내일 뭐 먹을지 고민한다.

맛있는 걸 먹을 땐 행복의 비밀을 찾은 것 같다가도

머지않아 삶은 고행 길이 아닌가 생각하게 된다.

그러던 어느 날 오래된 통돌이 세탁기가 고장났다.

새 세탁기를 살까 했지만 가격 때문에 망설여졌다.

집에 오는 길에 싱글인 나에게 고성능 가전을 살 명분이
부족하고 생각했다.

하지만 마음속으로는 다른 생각이 들었다.

지금 나에게 필요하다면 그것으로 충분한 이유라고.

오늘부터는 나를 위한 선택을 하며 살겠다고 생각했다.

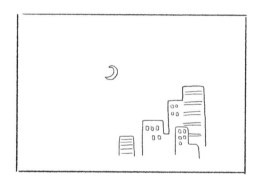

그리고 선택은 빠를수록 좋을지도.

날씨가 추워져서

카디건을 사고 싶다고 생각했다

다른 사람들과 대화를 하다 보면 마음이 헷갈린다.

하지만 난 사지 않을 것이다.

회색 카디건 하나라도 충분하니까.
야근하는 밤이 되면 바람을 막아주는 최고의 아이템, 카디건.

가방에 넣기에도 가볍고

셔츠에 걸쳐 스타일링할 수도 있고

탄탄면을 먹고 난 후에 더우면 허리에 묶을 수도 있다.

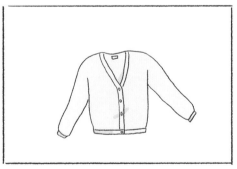

결론은 카디건이 좋아지는 쌀쌀한 가을이 왔다는 것.

그런 옷이 있다.

입을 날이 기다려지는 옷.

입고 나가면 기분이 좋고 쿨해진 것 같은 옷.

나의 생각과 다른 평가를 들어도

흔들리지 않고, 나만의 취향이 묻어나는 옷.

내가 표현하고 싶은 내 모습.

이 옷을 입으면 기분이 좋다.

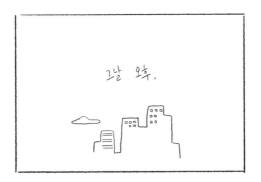

그렇다고 흔들리지 않는 것은 아니다.

취
향

입시로 한창 바빴던 고3 시절 한 살 위의 언니가 서울에서 바지 하나를 사다 주었다. 옆 라인에 얇게 선이 들어간 진청바지였는데 그 바지를 입고 미술학원을 가거나 과외를 받으러 가면 선생님들이 바지에 대해 칭찬해주었다. 어찌 보면 옷은 사람들 속에서 가장 쉬운 칭찬의 대상이었다. 그래서 나는 그 이후 많은 옷을 사고 버렸다. 물론 나 스스로가 좋아했던 옷들도 있었지만 이내 사람들에게 평가받아서 등급이 정해지면 옷장 구석을 차지하게 되곤 했다.

그렇게 채워진 내 옷장은 축제 현장 같았다. 화려하고 작렬히 한 번 불타올랐다가 다 쓰레기가 되어버려서 텅 빈 축제 현장 말이다. 물론 칭찬받은 옷들도 조금은 살아남는다. 하지만 그런 말들은 변했다. 그래서 결국 아무 말을 듣지 않는 옷들이야말로 내 옷장에서 오래 살아남았다. 흰 티셔츠, 남색 면바지, 아이보리 터틀넥 스웨터. 바람이 있다면 앞으로 10년은 옷장이 텅텅 비지 않도록 흔들리지 않는 나의 취향으로 채우는 것. 취향이 없는 것은 내 통장과 옷장에 참으로 위험한 일이기에.

어릴 때부터 걷는 것을 좋아했다.

다 이루어질 거라는 확신은 없었지만 미래의 내 모습을 상상하고

남에게 말하지 못하는 고민을 생각하며 걸었다.

그 길을 걷다 보면 어김없이 노을은 붉게 졌는데

와- 예쁘다.

그 풍경이 너무 예뻐서 모든 생각들이 사라져버리곤 했다.

왔어?
오늘 하루 어땠어?

별일 없었어

배고프다.

그렇게 집에 도착하면 머리가 맑아져 있었다.

엄마와는 친구처럼 잘 지내지만

항상 사이가 좋은 것은 아니다.

이사를 가려고 해도

반려동물을 키우고 싶다고 해도

나의 모든 계획 앞에 기승전 결혼을 붙이기 때문이다.

이제껏 나의 모든 일들이 결혼을 하지 않으면
다 소용없어 라고 말하는 것만 같다.

나도 엄마의 불안을 오롯이 이해할 수 없고

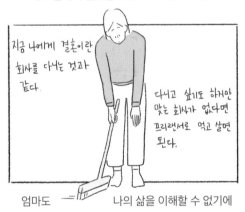

엄마도 나의 삶을 이해할 수 없기에

이 싸움은 끝나지 않겠지.

그래도 우선 죽기 전에 책상은 사야지!

30
대

어느덧 35살이 되었다.

어렸을 적 구체적으로 꿈꿨던 인생은 20대까지가 전부였다. 그 이후는 동화 속 엔딩처럼 "영원히 행복하게 살았습니다" 정도였다.

그래서인지 30대에 들어선 인생은 20대와는 다르게 다이나믹하지 않았다. 20대는 대학교 생활, 신입 사원, 첫 사업처럼 내가 꿈꿨던 일들을 실현시키기 위해 부단히 애썼고 많은 일들이 새로웠는데….

나의 30대는 '어쩌다 보니 이런 일을 하고 있습니다'라니. 주어진 일들을 수습하기에 바쁘다. 그래서 여전히 나는 무계획하다. 싱글, 프리랜서, 무주택자, 장롱 면허. '30대는 최악이에요'라고 말하고 싶은 건 아니다. 그래도 하나 확실히 좋은 게 있다면 싫은 건 하지 않아도 된다는 점이다. 그리고 그것을 실현시킬 수 있는 인생의 여유가 생겼다는 것. 좋아하지 않는 일을 하지 않는 것만으로도 인생이 단순해지고 명쾌해졌다. 예전보다 고민을 덜 하고 남을 덜 원망한다. 그만큼 좋아하는 일을 더 할 수 있게 되었다. '아, 이건 내 것이 아니야' 정도의 안 가질 수 있는 취향을 가지게 된 셈이다.

사촌 오빠의 결혼식에서 오빠와 덕담을 나누었다.

나의 유일한 명절 전우는 팩폭만 남기고 잔소리 지옥을 탈출해버렸다.

날이 추운 건지… 내 미래가 추운 건지…

114

새해를 맞이하여, 집 정리겸 중고 서점에 갔다.

책을 팔러오는 사람들이 꽤 있었다.

내가 가져온 책들은 알랭 드 보통의 책, 《나미야 잡화점》,
《나는 단순하게 살기로 했다》 등

115

나는 대중적인 독서를 하는 편이었고 친구의 책들은 생소했다.

카운터에 책을 가져가면 프로페셔널한 직원 분이 등급을 매겨준다.

내 책은 무려 4권이나 반품되었다.

친구는 올 클리어!

좋은 책이라도 흠이 많으면 거절이라니. 냉정하구만.

그래도 커피는 마실 수 있어 다행이다.

고민이 생겨서 산책을 했다.

미어캣을 봤다.

미어캣을 키우다니, 너무 귀엽잖아!

훈남을 보았다.

훈남과 대화할 수 있다니 너무 좋잖아!

고민을 생각하기보다는 잡생각이 많아지는 오늘의 산책.

새 작업실로 이사하기 위해 짐 정리를 했다.

오랫동안 함께했던 것들을 버리기로 했다.

언젠가는 쓸지도 몰라서 쌓아두었던 것들을 과감히 버렸다.

그래도 스케치와 미완성 작업물은 쓸 곳은 없지만
역사이니까 보관하기로 했다.

작업실비의 절반은 물품 보관비였을지도 모른다.

작업실 사람들과 짧은 이별을 하고

단촐해진 짐을 싣고 새 작업실로 향했다.

그곳은 바로 우리 집.

집에서 작업하는 것은 처음이라서 걱정도 되지만

작업실비에 대한 부담감이 없어져서
한편으로는 마음이 가볍기도 했다.

집순이 생활 시작!

3rd 오늘 바라본 내일

회사를 다니던 시절

나름 똑 부러지게 일했지만 나 몰라라 회피하는 사람들 사이에서

나는 동네북 같은 존재였다.

잘 참고 있던 어느 날, 퇴근길

눈물이 났다.

그것도 계속 났다.

만원 2호선에서 울고 있었다.

그때 한 남자가 나타나 나를 사람들로부터 가려주었다.

뭘까?

나는 슬픔이 범벅된 상황에서도 순간 설렜다.

하지만 알고 있었다. 1퍼센트의 썸도 아니라는 사실을…

예상처럼 아무 일도 일어나지 않았고 나는 집으로 달려갔다.

친구 말로는 소주 한 병을 안고 왔다고 했다.

침대에 누워서 한참을 하소연하고

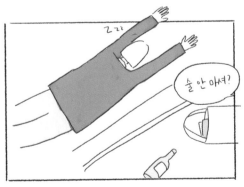

그대로 잠들었다고 했다.

일

어느 날 한 프로젝트를 맡게 되었다. 꽤 규모가 있는 일이었지만 해오던 일과 다르지 않았다. 하지만 일을 진행할수록 내가 커버할 수 있는 일이 아닐 수도 있다는 생각이 들었다. 무슨 배짱으로 이 일을 한다고 한 건지, 중간미팅 전날에 가서야 후회했다.

다음 날 회의 자리에는 처음 보는 부장, 과장, 차장 같은 사람들과 나의 담당자가 있었다. 그래 이번만 잘 넘기고 다음 회의 때 잘해서 오자라고 다짐하는 순간, 제일 높아 보이는 분이 "음, 디자이너들이 다 같이 보면 좋을 것 같은데 다 들어오라고 해요"라고 말했다. 그렇게 나는 예고도 없이 40명은 족히 넘을 것 같은 디자이너들에게 프리젠테이션을 하고 피드백이라는 것을 받았다. 내 친구말로는 갑질이었다. 담당자는 "죄송합니다"라고 했고 그때 확실히 알았다. 회사를 다닐 때 나는 회사 뒤에 숨어 있었다는 것을. 그전까지는 내가 못해도 회사 탓 환경 탓을 할 수 있었다는 사실을.

미팅이 끝나고도 화끈거리는 얼굴이 식지 않아서 회사 앞 벤치에서 한참을 앉아 있었다. 그리고 그 40명 중에 한 명이 대학교 동문이 있었다는 사실이 머릿속에서 떠나지 않았다.

회사를 그만두기로 했다.

이유는 위와 같다.

생각보다 짐이 없어서 다행이었다.

계획은 없었지만

그림을 그려야겠다고만 생각했고

그냥 기쁘고

신이 날 뿐이었다.

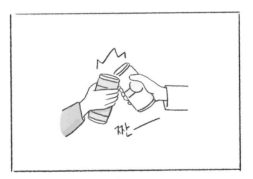

가끔은

무엇을 정하지 않는 것도 나쁘지 않다.

'인생은 타이밍의 연속이다'라는 말처럼

매 순간 애쓰는 것보다 우연히 만난 기회가

나를 원하는 곳으로 데려가주기도 한다.

친구와 같이 작업실을 구하기로 했다.

우리가 이상적으로 생각하는 공간은

너무 비싸거나 멀었다.

그러다 발견한 가장 저렴한 쉐어 스튜디어.

마을버스를 타고 찾아간 작업실은 망원동 구석에 있었다.

넓고 화장실도 깨끗했지만

무엇보다 여러 아티스트들이 같이 쓰는 공간이라 더욱 기대가 되었다.

물론 옥탑방만 남았다는 사실을 알기 전까지.

하지만 저렴한 가격에 혹해서 우리는 그곳을 사용해보기로 했다.

그래도 옥상을 마음대로 사용할 수 있었다.

난 나중에 어떤 사람이 되어 있을까?

아니 어떤 그림을 그리는 사람이 되어 있을까?

그저 막연한 기대만 가지고 있지만 지금은 괜찮지 않을까?

그냥 무엇이든 시작해보는 것만으로 멋지잖아.

하다 보면 뭐라도 되어 있겠지.

딱 8개월만 내가 하고 싶은 것을 하기로 했다.

평생 그림을 좋아했지만 언제나 백지는 부담스러웠다.

우선, 나만의 그림 스타일을 찾는 것이 첫 과제였다.

수채화, 아크릴, 디지털 심지어 종이접기도 해보았다.

화방에 가서 (평소에 사고 싶었던) 여러가지 재료도 샀다.

하지만 몇 개월이 지나도 스타일은 찾아지지 않았다.

생산력이 넘치던 회사에서의 나와 달리

0프로의 결과물과 100프로의 혼돈을 마주했다.

그렇게 나에게 주어진 시간이 흘러만 갔다.

프리랜서가 되는 첫발은 세상에 나를 알리는 것입니다. 용도에
맞게 SNS를 선택한 후 한곳에 꾸준히 작업물을 올려보세요.

① 개인 홈페이지

연혁

② SNS

일상 + 작품

③ 포·폴사이트

주요작품

tip!) 용도에 맞춰 미디어를 사용해보세요.

1 개인 홈페이지에는 작품들을 깔끔하게 정리해놓으세요.

2 요즘은 개인 홈페이지보다 SNS가 더 중요합니다. 자신만의 룰을 정
   해 꾸준히 업로드해보세요(일주일에 한 번, 한 달에 두 번 등).

3 외국 포트폴리오 사이트에 작업물을 올려보면 일이 들어오는 경우
   도 있으니 도전해보세요.

4 전시회, 공모전 등에 참여하는 것은 많은 사람들에게 그림을 보여
   줄 수 있는 좋은 기회입니다.

방황하던 N개월 차에 공모전에 응모했다.

무려 대상! 이럴 수가!

그로 인해 나는 자신감이 상승했고

무엇이든 결과를 내는 사람이 되고 싶었다.

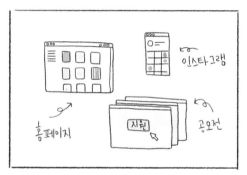

홈페이지도 만들고 sns도 개설했다.

하지만 여전히 나만의 그림 스타일이 뭔지 잘 모르겠고

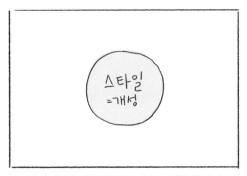

이것이 마음먹은 대로 뿅 나오는 것이 아니며

그럼에도 계속 정진해야 한다고는 생각했다.

그리고 나에게 주어진 8개월의 시간도 다 지나가고 있었고

이제 다시 생산적인 사람이 되어야 할 시기가 왔다.

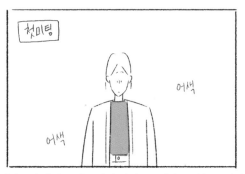

오래전부터 가지고 있는 나의 아이스브레이크 기술 중 하나는

손금을 봐주는 것이다.

사람들이 맞다고 하면 나도 기분이 좋다.

조금은… 무섭기도 하지만.

15년 전 전수받은 이 기술을 요긴하게 사용하고 있다.

저는 어떤 사람이 되어 있을까요?

첫 미팅

프리랜서에게 첫 미팅은 떨리는 자리죠. 하지만 첫 만남이자 마지막 만남이 될 수 있기 때문에 양질의 대화를 나누는 게 중요합니다.

④ 회사의 의도·목적

② 그림의 크기, 개수
(DPI, CMYK ▶ RGB)

⑤ 페이

① 그림이 사용되는 매체
(SNS, 출판, 패키지 등등)

③ 일정 (수정일, 마감일)

(tip!) 초반에 짚고 넘어가야 하는 것들이 있습니다.

1 그림이 사용되는 곳을 물어보세요(축제 포스터, 제품 광고, 잡지 소컷 등).

2 그림의 크기를 물어보세요(커질수록 당연히 손이 많이 가겠죠?).

3 일정을 체크하세요.

4 이것 외에도 회사의 의도와 원하는 바에 대해 대화를 많이 나누는 것이 중요해요(형용사로 물어보세요. 활기찬, 화려한, 세련된, 차분한 등 전체 이미지를 같이 대화로 풀어보세요).

5 대망의 페이! 견적! 이것 또한 정해져 있는 경우가 허다하지만 첫 미팅에서 꼭 짚고 넘어가야 합니다. 돈이 적다 싶으면 쿨하게 접고 나오시길!

이번에 간 회사에서는 별일 없었다.

언제나 어려운 커뮤니케이션과

직원들에게서 느껴지는 약간의 거리감 정도?

(퇴근)

조금 더 책임감이 생기긴 했다.

똑같은 일을 회사에서 할 때는

못해도 어쩔 수 없다고 생각했었는데

혼자인 지금은 완성도에 대한 압박감이 커졌다.

언제나 일은 늘 그랬듯이 끝이 났고

언제 다시 만날지 모를 사람들과 인사를 했다.

프로젝트를 마치고 돌아갈 때면

좋은 경험이었다고 생각했다.

여러 곳에 일을 다니다 보면 여러 사람들을 만난다.

특히 처음 프리랜서 일을 시작했을 당시에는 어린 나를 보면

자신의 잣대로 내 인생을 평가하려는 사람들이 있었다.

그때면 나는 꼰대들에게 최대한 '으'라는 표정을 지었다.

'으-'

마감은 언제나 전쟁 같다. 시끄럽고 예민하다.

무슨 일이 하나라도 터지면 너도 나도 곡소리.
그래서 뒷수습은 가장 힘이 없는 사람이 하게 된다.

표정 관리를 해야 하는 데 아직 되지 않는다.

예전 같았으면 분개했겠지만

이제는 시도 때도 없이 달라지는 일정과 업무량에 익숙해졌다.

이럴 때는 기분 전환 후 다시 일을 시작하는 것이 좋다.

그리고 노동요의 볼륨을 높인다.

마감 날 새벽 3시에 듣습니다.
BTS의 '아이돌'

견
적
과

세
금

혼자 일하면 부가가치세 신고, 견적서 등과 같은 서류 업무
들을 스스로 처리해야 합니다.

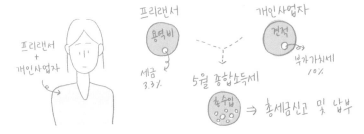

tip! 세금! 어렵고도 어려운 세계지만 공부를 해야 합니다.

1　일반 프리랜서는 업체에서 용역비의 3.3퍼센트 원천징수세액을 빼
　　고 돈을 받게 됩니다.

2　개인사업자는 일 년에 종합소득신고(5월)와 부가가치세신고(1, 7월)
　　를 기본으로 해야 합니다.

3　일반 프리랜서 또한 개인 사업자를 만들 수 있기 때문에 두 가지 방
　　법으로 돈을 받고 세금을 내기도 합니다.

4　세금 업무는 인터넷에서 보고 해도 되고 세무사에게 신고 대리를
　　위임해도 됩니다.

견적서를 작성하는 일은 매번 고민이 됩니다. 도대체 얼마를 받아야 하는 걸까요?

(tip!) 견적서는 정답이 없지만 다음과 같은 사항을 체크해보세요.

1 가격을 정하기가 너무 어려울 땐 거래처에 시장 가격을 먼저 물어보세요.

2 최저 시급처럼 시간당, 일당, 프로젝트당 견적을 생각해보세요.

3 견적서는 디테일하게 적으세요(기획비, 아이템 개수당 비용, 경비 등).
   ✦ 견적서에 다양한 사항을 적어야 가격에 설득력을 높일 수 있어요.

4 물론 가격과 상관없이 참여하고 싶은 프로젝트는 예외입니다.

어느 날

아니 조금 지루했던 어느 날이었던 것 같다.

계속 달라져야만 할 것 같았는데
어떻게 바꿔야 되는지 몰라 찝찝한 기분이었다.

이럴 때는

잠시 쉬어가는 거야.

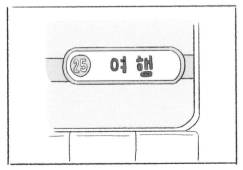

이번 역은 여행입니다.

대학교 2학년을 마치고 호주로 워킹 홀리데이를 갔다.

나는 곧바로 한국 식당에서 알바를 구했다.

하지만 그곳은 오래 일할 곳은 아니었다.

제대로 된 처우를 해주는 곳에서 일하고 싶었다.

수소문 끝에 현지 호텔이 페이도 좋고
대우도 훨씬 좋다는 것을 알게 되었다.

일단 시도해보기로 했다.

친구가 레쥬메를 돌리는 것을 도와줬다.

윈디는 내가 긴장을 해서 영어를 못한다고 생각했다.

하지만 시간이 지나서도 못하자 몹시 안타까워했다.

어느 날 혹시나 하고 맥주를 같이 마셨더니 말을 잘했다고 했다.

윈디 덕에 나는 한 달만에 성공하게 되었다.

짧은 인터뷰와 여러 서류에 싸인을 하고

하우스키핑 일을 하게 되었고

그 덕에 호주생활이 조금 넉넉해졌다.

나의 호텔 출근 루틴은
직원 전용 후문으로 출근하는 것으로 시작한다.

라커룸에서 유니폼으로 갈아입고 머리도 묶는다.

슈퍼바이저와 하루 일정을 논의하고

171

청소트롤리에 수건과 시트를 채우고 배당받은 방으로 간다.

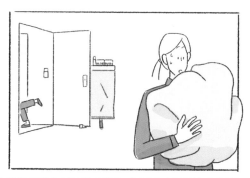

보통은 방에 들어가 시트와 수건을 꺼내오는 것이 첫 번째 업무이지만

나는 팁부터 챙긴다. 예!

무식하게 무거운 바큐밍도

자로 잰 듯 반듯하게 베드를 만드는 것도

먼지 한 톨 없이 거울을 닦는 것도 제법 익숙해졌다.

엄마는 알까? 집에서는 청소에 '청'도 모르던 내가
여기에서는 이렇게 잘하고 있다는걸.

미안한 생각도 잠시, 빈 방에 전화가 왔다.

엄마, 아직 완벽하지는 않나 봐.

여
행

호주에 사는 언니 덕분에 그곳으로 가끔 여행 아닌 여행을 간다. 이번
에는 조카가 태어난 기념으로 비행기를 탔다. 그 핑계로 나는 호주에서
머물며 한동안 영어 학원을 다녔다.

학원생들 중에서는 내가 가장 나이가 많았다. 그중 대만친구 밍과 가장
친해졌다. 밍은 매번 밥을 먹을 때마다 돈을 조금 더 내는 나를 의아해
했다. "한국은 나이가 많으면 돈을 조금 더 낸데. 신기해"라고 반 친구
들에게 밍이 말했다. 나는 "다 그렇지는 않아"라고 답했지만 계산할 때
마다 갈등했다. 이럴 때 보면 나는 어쩔 수 없는 유교걸이었다.

밍은 나와 영어 실력이 비슷했지만 나와 달리 부끄러워하지 않았다. 쇼
핑을 가도 점원이랑 말을 곧잘 했고 트램을 타고 주변 현지인들에게 말
을 잘 걸었다. 그 친구는 자신의 실력이 '부족'한 것이 아니라고 했다.

밍의 말대로라면 영어란, 평가할 대상이 아니라 언어 전달의 도구일 뿐
이다. 그러고 보면 특히 우리나라 사람들, 아니 나와 비슷한 사람들이
우리나라에 많은 것 같다. 영어를 못하는 것이 부끄러운 일이 아니라,
그것을 부끄러워하는 것이 더 웃긴 일인지도 모르겠다고 비영어권의
다른 나라 사람들을 보며 생각했다.

마지막 달에는 다른 호텔로 전근을 가곤 했다.

이곳은 레지던스 호텔로 보통 한 달에서 3개월 정도
장기 투숙을 하는 곳이다.

내가 청소하는 곳은 대부분 크리켓 선수들이 묵는 곳이었는데…

그래서 크리켓 경기를 볼 때마다 욕이 절로 나왔다.

그래도 한 가지 장점은 그곳에서 보이는 도시 뷰가 아주 멋졌다.

멜번의 이색적인 풍경을 보고 있자니
이곳에 오길 잘했다는 생각이 들었다.

나의 미래도 이 풍경처럼 반짝반짝 빛나길 바란다.

이제
한국으로 돌아가자!

2008. 12

워킹홀리데이 끝.

4th 지금 여기, 오늘

요즘 연구 중인 것 중 하나가 바로 모닝 루틴이다.

여러 시행착오를 겪고 깨달은 것은

우선 일찍 자야 한다.

그래야 거뜬히 7시에 일어난다.

그다음은 환기를 시키고, 씻고, 물을 마시고 등.

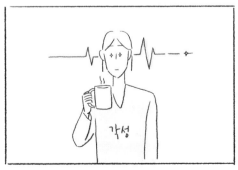

그리고 꼭 빠지면 안 되는 건 커피를 마시는 일이다.

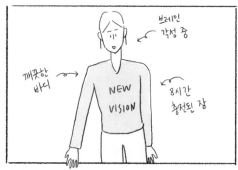

이런 간단한 세팅이 하루를 시작할 수 있는 힘을 준다.

야행성이지만 모닝 루틴을 잡으려는 이유는

밤에는 집중이 잘되지만 너무 기분에 휘둘리기 때문이다.

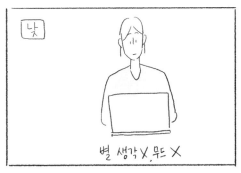

반면, 아침의 나는 계획대로 살 수 있다.

야밤의 무드가 사라지는 것은 조금 아쉽지만

내가 하고 싶은 일들을 해내는 모습에 만족하고 있다.

책을 내기로 하고

편집자 님과 만나기로 했다.

인스타그램에서 보여지는 것보다
멋진 모습을 보여드리고 싶었는데 실패다.

전혀 프로페셔널하지 못했던 것 같다.

그래서 다음에 만날 때는

2시간 일찍 도착했다.

혼자 작업할 때 가장 큰 어려움은

동료가 없다는 것이다.

다른 시각과 깊이 있는 이해를 가지고 의견을 나눌 사람이 필요할 때면

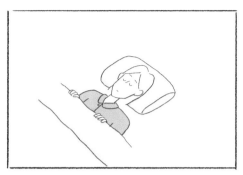

나는 내일의 나를 만나기 위해 일찍 잠에 든다.

내일의 나는 조금 더 예리할 수도 엉뚱하지만 진취적일 수도 있으니까.

이것은 인생의 고비를 맞았을 때도 적용되는데

고민에 빠져 허우적된다면 당장 끄집어내서

보송보송한 침대에서 쉬게 하자.

그러면 내일은 간단히 그 문제를 해결해버릴 수도 있으니까.

이것은 도망가는 것이 아니라 나 자신을 믿는 것이다.

혼자 일할 때 가장 필요한 건 나를 믿는 일이다.

프 로 되 기

프로와 아마추어의 차이는 경험에서 비롯됩니다. 자신의 그림으로 활동을 꾸준히 하다 보면 어느새 노하우가 생기고 비로소 작가로 다시 태어날 수 있어요. 중요한 건 '꾸준히'라는 것을 잊지 마세요.

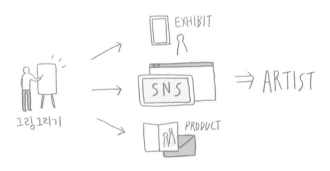

tip! 천천히 따라하다 보면 어느새 프로가 될 수 있어요!

1 수십 장의 그림을 같은 스타일로 그려보기.

2 SNS 계정을 만들어서 주기적으로 작품을 올려보기.

3 주변사람들에게 "나, 일러스트레이터야"라고 말하고 다니기.

4 주변 사람들에게 필요한 그림을 그려주면서 실전 경험 쌓아보기(청첩장, 포스터, 카드 등).

5 전시하고 싶은 곳에 먼저 용감하게 연락해보기(포트폴리오를 보내보세요).

노잼 시기를 이기는 나의 방법은

버킷리스트 만들기다.

홀로 캠핑하기, 하고 싶다.

새벽 안개를 보며 따뜻한 티를 마시고 해먹에서 책도 읽어야지.

케냐에서 열기구도 타보고 오로라도 보고 싶다.

또 언젠가 내가 디자인한 집에서 근사한 저녁 식사를 즐기고 싶다.

그리고 수상 소감을 말할 수 있는 순간이 왔으면 좋겠다.

버킷리스트를 적어보니 나는 터무니없이 하고 싶은 게 많은 사람이었다.

노잼 시기는 하고 싶은 것이 없는 게 아니라
그저 욕망을 누르고 있는 시간이 아닐까?

다 이룰 수 없다 하더라도 마음속에

바람을 가지고 있는 것만으로도 내 자신이 빛날지도 모른다.

그리고 인생이 재밌는 순간은 곧 올 것이다.

카
페

카페 가는 것을 좋아한다. (음 누가 안 좋아할까?) 그 안에 퍼져 있는 여유로움이 좋다. 좋아하는 사람과 따뜻한 블랙커피 한잔과 케이크를 먹으며 수다를 떠는 것은 언제나 옳다. 하지만 대화를 끝내는 시점은 여전히 나에게는 어려운 숙제다.

평일 오후에는 혼자 카페에 간다. 노트북과 작은 손노트, 펜 몇 가지 그리고 만에 하나를 위해 책 한 권을 싸들고 나선다. 이런 날은 하루 종일 아무것도 만들지 못했다는 무거운 마음을 씻기 위해서 가는 편이다. 메일도 쓰고 스케줄도 정리하고 글도 몇 글자 적다 보면 30분이 채 되지 않아서 왜 집에서는 이것도 하지 못했나 싶다. 그러다 집중이 안 되면 주변 사람들을 관찰한다. 다들 무슨 일을 하는 걸까? 공무원 시험? 영어 시험? 나같이 그냥 서류 일? 몹시 궁금하다.

어느 날은 불현듯 과연 카페에서는 몇 시간을 머무르는 것이 적당할까라는 생각이 들었다. 시간을 정하는 것은 우스운 일이지만 그래도 한번은 생각해볼 만한 문제다. 커피가 식는 시간 정도가 어떨까. 그 시간이면 충분할 것 같다. 그 정도면 서로에 대한 흥미가 식고 나의 집중력이 고갈되고도 남을 시간이 아닐까.

담당 편집자 님께 피드백을 받는 일은 흥미롭다.

그리고 지인 외의 독자의 의견을 들을 수 있어서 좋기도 했다.

그림으로 표현되는 것들이 어떤 모습으로 보여지는지 궁금했다.

궁금한데

궁금하지만 묻지 않았다.

어떤 피드백은 모르고 지나치는 것도 좋을 것 같아서.

메일을 쓰는 방법은 간단해 보이지만 막상 익숙해질 때까지 매번 고민하게 되는 업무 중 하나입니다. 정해진 형식은 없지만 지키면 좋은 것들을 알아두면 유용합니다.

```
○ ○ ○

제목  [프로젝트명] 내용  예) 일러스트 수정 첨부

파일첨부  프로젝트명 _ 이름 _ 날짜. zip

안녕하세요. 이름 직함 님 예) 홍길동 대리님
프로젝트명의 업무를 진행하고 있는 오늘입니다.
∨
(본문)
보내 주신 메일은 확인하였습니다.  예) 콜라보레이션 제안 주셔서
제가 좋아하는 브랜드에서 협업 제안을 주셔서 기쁩니다.  감사합니다
예) 주신 요청사항 확인하였고 적용 가능한지 고려해보겠습니다.
말씀 주신 시간에 콜라보레이션 진행 가능합니다.
예) 일정상 프로젝트 진행이 불가능할 것 같습니다.
자세한 내용 회신 부탁드립니다.
∨

감사합니다.
오늘 + 추가 정보
```

tip! 이것만은 꼭 체크하세요!

1 메일은 최대한 간단하게 쓰세요.

2 상대방의 이름과 직함을 꼭 기재해주세요.

3 알아보기 쉽게 띄어쓰기를 하거나 숫자를 이용해 내용을 구분하세요.

주말이 되면 여유로운 마음으로 못 갔던 병원도 가고

친구가 늦게 와도 그리 신경 쓰지 않는다.

나는 번화가에 사는데 좋은 점은 바로 맛집들!

주 말 은 충 전 하 는 시 간

그리고 주변에 서점과 문화 시설이 많다는 거다.

그래서 나의 비좁은 방은 친구들의 아지트가 되곤 한다.

물론 식사는 언제나 외식이다.

최근에는 근처에 공원이 생겼는데
그 때문인지 강아지를 키워보고 싶어졌다.

주말의 마무리는 따뜻한 티를 마시며
한 주 동안 지쳤던 몸과 마음을 정리하고

또 새로운 한 주를 어떤 것들로 채울지 고민하며 잠에 든다.

프로젝트가 없는 기간에는

그 시간을 흥청망청 써버리기 일쑤다.

며칠이 지나면 매번 시간이 아까워서 자책을 하게 된다.

그래서 어떻게 하면 이 시간을 잘 쓸 수 있을까? 연구해보기로 했다.

우선 평소에 놓쳤던 작은 일들을 최대한 미리 하려고 노력했다.

이런 작은 일들은 생각보다 큰 성취감을 준다.

그리고 무엇이든 조금 더 해보는 것.

무엇이든 10분만 더 해봐도 시간의 여유로움을 느낄 수 있다.

그리고 새로운 일에 도전해보기.

시간이란 많다고 더 행복해지는 않지만 확실히 잘 쓰면 행복해진다.

그러므로 나는 오늘도 시간 사용법을 연구한다.

특히 나는 프로젝트가 끝나면 또 여유로운 투자자가 되므로.

힙한 사람이 되고 싶었다.

그래서 서핑을 배우러 갔다.

운동을 곧잘 했기 때문에 자신감도 있었다.

도착 후, 강원도 날씨가 마음에 들었다.

비디오 교육과 육지 교육을 차례로 받고

바다로 나갔다.

그런데 갑자기 보드가 물살에 밀려 나가기 시작했다.

그리고 발이 땅에 닿지 않았다.

그런 나를 보고 선생님이 황급히 불렀지만

나는 이미 떠내려가고 있었다.

순간 뒤에 있는 방파제를 넘으면

죽겠구나 싶었다.

그때 저 멀리서 누군가 헤엄쳐 오는 것이 보였고

강사님이 나를 구해주셨다.

그때의 고마움과 미안함과 민망함이란…

남은 수업도 받지 않고 얼른 집으로 갔다.

그리고 내 마음속에서 서핑은 사라졌지만
대신 수영을 배워야겠다는 생각이 들었다.

자기 자신을 지킬 수 있는 강인한 사람들이 더 힙하다고 생각했다.

멋진 사람이 되는 일은 어려울지 모르지만

강한 사람이 되어야겠다고 생각했다.

오랜만에 친구를 만나기로 했다.

친구는 오랜 육아 휴직을 끝내고 복직했다.

맛있는 것들을 먹으며

오래된 친구와 이런 저런 대화를 하다 보면

우리가 안 시간만큼 어른이 되었구나 새삼 느끼게 된다.

어른인 척했지만… 아직 자기 조절 불가.

나는 매일 안경을 찾는 것으로 하루를 시작하고

운동의 중요성을 깨닫는다.

나에게 주어진 시간과

주변의 작은 기쁨을 알고

때로는 나의 욕망 또한 인정하면서 지내고 싶다.

하고 싶지 않은 일일지라도

세상이 내가 생각하는 기준과 다르더라도

아직 좌절은 하지 않으려고 한다.

내가 좋아하는 일들을 조금씩 찾다 보면

언젠가 내가 누구인지

왜 기쁜지 왜 슬픈지를 이해할 수 있는 사람이 되어 있겠지.

하루하루를 스스로 만들어갈 수 있는
프리한 라이프에 감사한다.

오늘은 다른 길로 가보겠습니다

초판 1쇄 인쇄 2020년 10월 12일
초판 1쇄 발행 2020년 10월 19일

지은이 오늘
펴낸이 유정연

책임편집 김경애 **기획편집** 장보금 신성식 조현주 김수진 백지선 **디자인** 안수진 김소진
마케팅 임충진 임우열 이다영 박중혁 **제작** 임정호 **경영지원** 박소영

펴낸곳 흐름출판(주) **출판등록** 제313-2003-199호(2003년 5월 28일)
주소 서울시 마포구 월드컵북로5길 48-9(서교동)
전화 (02)325-4944 **팩스** (02)325-4945 **이메일** book@hbooks.co.kr
홈페이지 http://www.hbooks.co.kr **블로그** blog.naver.com/nextwave7
출력·인쇄·제본 (주)상지사 **용지** 월드페이퍼(주) **후가공** (주)이지앤비(특허 제10-1081185호)

ISBN 978-89-6596-405-6 03810

이 도서의 국립중앙도서관 출판예정도서목록(CIP)은 서지정보유통지원시스템 홈페이지(http://seoji.nl.go.kr)와 국가자
료공동목록시스템(http://www.nl.go.kr/kolisnet)에서 이용하실 수 있습니다.(CIP제어번호: CIP2020040021)